De Roskam

De mooiste pony's van stal

Voor Hannerlie

Toegekend door KPC Groep te 's-Hertogenbosch.

ISBN 978 90 475 0212 8
NUR 287
© 2008 Uitgeverij Van Holkema & Warendorf,
Unieboek BV, Postbus 97, 3990 DB Houten

www.unieboek.nl
www.viviandenhollander.nl
www.saskiahalfmouw.nl

Tekst: Vivian den Hollander
Illustraties: Saskia Halfmouw
Vormgeving: Petra Gerritsen

De Roskam

De mooiste pony's van stal

Met illustraties van
Saskia Halfmouw

Van Holkema & Warendorf

Het is woensdagmiddag.
Tijd voor rijles dus.
Paulien fietst naar de manege.
Het waait hard en ze moet flink trappen.
Zou ze nog wel op tijd zijn?
Als ze buiten adem bij De Roskam komt,
gelooft ze haar ogen niet.
Hoe kan dat nou?
De boom naast het pad is omgevallen.
Het is een oude, hoge boom.
De wortels steken uit de grond,
en de top is op de manege beland.

Precies op de plek van de binnenbak.
Daar zit nu een groot gat.
Er staan al veel mensen te kijken.
Ook Eva en Wout.
Paulien zet haar fiets weg
en gaat vlug naar hen toe.
'Wat is er gebeurd?'
'Het komt door de storm,' legt Wout uit.
'Het ging vannacht zo tekeer.'
'Dat klopt,' zegt Paulien.
'Ik werd er zelfs wakker van.
Maar dat die storm
zelfs deze boom zou omblazen...
Dat had ik niet verwacht.
Gaat onze les nu nog wel door?'

Wout haalt zijn schouders op.
'Kees heeft er nog niets over gezegd.
En we kunnen toch buiten rijden?'
Paulien kijkt naar de lucht.
Het heeft veel geregend.

En de grijze wolken zijn er nog steeds.
'Ik hoop het,' zegt ze.
Opeens pakt Eva haar arm.
'Het veulen,' zegt ze geschrokken.
'Hoe zou het daarmee gaan?'
'Je bedoelt Sterre?'
Eva knikt en holt al weg.
Maar in de stal is niets aan de hand.

De paardjes staan rustig in hun box.
Sterre staat zelfs alleen vandaag.
'Waarom is dat?' vraagt Eva.
Steffie, de stalhulp, legt het uit.
'Het veulen is nu zes maanden.
Ze moet op eigen benen leren staan.'

'Dat doet ze al, hoor,' lacht Paulien.
Ze wijst naar de ranke benen van Sterre.
Toch snapt ze wat Steffie bedoelt.
Sterre moet zelfstandig leren worden.
Ze aait het veulen over haar neus.
'Wat word je al groot!'
Sterre hinnikt zacht,
alsof ze het er helemaal mee eens is.

'Komen jullie?' roept Wout dan.
'Kees wil beginnen.
We rijden inderdaad in de buitenbak.'

Een uurtje later is de les voorbij.
Meestal vindt Paulien dat jammer,
maar vandaag niet.
Het is weer gaan regenen
en haar kleren zijn behoorlijk nat.
Gelukkig is ze niet zo vies als Wout.
Hij viel van zijn paard, midden in een plas.
Zijn broek is zwart van de modder,
en zijn gezicht ook.
Als ze in de stal staan, roept hij:
'Wie wil er een kusje?'
De meisjes duiken gillend weg.

Ook de paarden zijn behoorlijk vies.
Als ze gepoetst zijn, zegt Kees:
'Ik hoop dat de regen gauw stopt.
Als het zo nat blijft,
kunnen we nauwelijks les geven.
Geen les betekent ook geen geld.
En dat hebben we juist nu hard nodig.'
'Je bedoelt voor het dak?' vraagt Eva.
Kees knikt. 'De reparatie is erg duur.'

Helaas blijft het de hele week slecht weer.
De regen valt soms met bakken omlaag.
De meeste lessen gaan niet door.

Ook die van Paulien en Eva niet.
Toch gaan ze naar de manege.
Ze willen graag de paarden zien,
en ook zijn ze benieuwd naar het dak.
Maar als ze bij De Roskam komen,
schrikt Paulien.
De boom is intussen weggehaald.
Maar over het dak ligt een stuk plastic.
Het is nog steeds niet gemaakt.
'Wat duurt dat lang,' moppert Eva.
'Zo gaan de lessen nóóit meer door.'
Ze lopen naar de stal.

10

Daar hangt Steffie net een poster op.
Er staat op:

HELP DE MANEGE

KOM ZATERDAG NAAR DE ROSKAM!

RIJ RITJES OP EEN PONY.

EN KOOP LOOTJES VOOR EEN NIEUW DAK.

'Gaat het niet goed?' vraagt Paulien bezorgd.
Steffie schudt haar hoofd.
'Het hele dak blijkt slecht te zijn.
Er is dus veel geld nodig,
meer dan we hadden gedacht.
En daarom hebben we dit verzonnen.
Wat vinden jullie ervan?'
'Gaaf plan!' roept Paulien.

'Ik vraag alle kinderen uit onze klas.
Zij komen vast graag rijden.'
En Eva zegt:
'Ik breng strikjes en linten mee.'
Steffie kijkt haar verbaasd aan.
'Waar is dat voor?'
'Om de pony's te versieren,' legt Eva uit.
'Dan wordt het rijden extra leuk.'
Steffie steekt haar duim op.
'Heel goed bedacht.

We hebben ook al mooie prijzen voor de loterij.
Allemaal gekregen.
Ik hoop dus dat we veel geld ophalen.
Want anders...'
'Wat anders?' vraagt Paulien.
Ze merkt dat Steffie ergens mee zit.
'Anders moet Sterre worden verkocht.
Voor een mooi veulen krijg je veel geld.'
Pauliens mond zakt open.
Dit had ze echt niet verwacht.

13

En Eva wordt wit van schrik.
'Dat kan toch niet!' roept ze uit.
'Sterre hoort bij De Roskam.
En bij ons.
Zij mag echt niet weg!'

Als het zaterdag is,
schijnt voor het eerst in weken de zon.
Paulien krijgt meteen een vrolijke bui.
Dit is prima weer voor De Roskam!
Nu komen er vast veel kinderen rijden.
En dan halen ze veel geld op voor het dak.

Ze stopt een paar wortels in haar tas
en gaat naar de manege.
Daar ziet het er al feestelijk uit.
Buiten hangen vlaggetjes.
En ook de stal wordt versierd.
'Wat vind je?' vraagt Wout.
Hij staat op een trapje
en probeert een slinger op te hangen.
'Hangt deze zo hoog genoeg?'
Voordat Paulien antwoord kan geven,
begint het trapje te wiebelen.
'Pas op!' waarschuwt ze.
Maar het is al te laat.

Wout kan zijn evenwicht niet bewaren.
Hij valt, midden op een berg stro.
'Lig je lekker?' plaagt Paulien.
Toch is ze blij dat Wout zacht viel.
Ze plukt wat stro uit zijn haar
en trekt hem overeind.
'Was je erg geschrokken?'
'Nee, hoor,' zegt Wout stoer.
'Zo'n duik is eigenlijk best leuk.

Wil je ook een keer?'
Paulien schudt gauw haar hoofd.
'Ik heb beloofd Eva te helpen.
Weet jij waar ze is?'
'Ze ging bij Sterre kijken,' antwoordt Wout.
Dat had ik kunnen weten, denkt Paulien.
Maar één ding is dus zeker:
Sterre is nog niet verkocht!
Op dat moment komt Eva eraan.

'Weet je wat ik heb gedaan?' zegt ze.
'Ik heb Sterres manen versierd.
Met twee glimmende lintjes.
De mooiste die ik had.
Niet verder vertellen, hoor.
Maar het helpt vast.'
'Ik hoop het,' zegt Paulien.
Ze wijst naar Eva's tas.
'Wat heb je allemaal bij je?'
Eva laat strikjes en linten zien.
En ook slingers van nepbloemen.
Paulien hangt er een om haar nek.
'Is dit allemaal voor de pony's?'
Eva knikt.

'We gaan ze heel mooi maken,
zodat iedereen een ritje wil maken.
En dan hoeft Sterre niet weg!'

Een halfuur later zijn de meisjes klaar.
Ze hebben drie pony's versierd:
Frenkie, Senna en Dodo.
Er hangen lintjes in hun manen.
En hun staarten zijn versierd.
Ook hebben ze een slinger om.
Als Steffie komt kijken,
klapt ze vrolijk in haar handen.

'Wat zien de paardjes er geweldig uit!
Kom, we gaan gauw naar de buitenbak.
Er staan al veel kinderen te wachten.
Ze willen graag een ritje maken.'

En inderdaad:
bij de buitenbak is het razend druk.
Paulien leidt Dodo door het zand.
Wout volgt met Frenkie.
En Eva loopt naast Senna.
'Kijk, wat een mooie pony's!' hoort Paulien.

'Wat zijn ze leuk versierd!'
Die woorden maken haar erg blij.
En wat ook fijn is:
de paardjes zijn in topvorm vandaag.
Ze bokken niet en lopen lief door de bak.
Alsof ze weten
wat er van ze wordt verwacht.
Paulien geeft ze vaak een wortel,
en Eva verwent ze met pepermunt.
Wout begint zacht te hinniken.
'Mag ik er ook een?' vraagt hij.

Na een tijdje zegt Steffie:
'We houden even rust.
Gaan jullie maar wat drinken.'
Ze zetten de paarden vast
en gaan naar de stal.
Daar staat limonade klaar.
Ook begint net de loterij.
Paulien koopt drie loten.
Want ze heeft het al gezien:

er zijn mooie prijzen te winnen.
Een dekje voor een paard.
Mooie rijlaarzen, en nog veel meer.
Paulien heeft geluk:
er valt een prijs op nummer tien.
Precies op het lot dat zij heeft.
Wat heeft ze gewonnen?
Kees laat witte handschoentjes zien.
'Hoera,' juicht Paulien.
'Die had ik net nodig!'

Eva wint alleen een zak drop.
Snoepend gaan de meisjes terug naar de bak.

Het is de hele dag druk op de manege.
Bijna iedereen koopt wel een lot.
En het ponyrijden is een groot succes.
Ook de vader van Eva komt langs.
En de moeder van Paulien.
Aan het eind van de middag zegt Paulien:
'Wat is het goed gegaan, hè?'
Ze zit met Eva op een baal stro.
Ze heeft rode wangen van moeheid.
Maar ze is heel blij.
Ze hebben veel geld opgehaald.
En zonet gaf een meneer zomaar tien euro.
'Kees zal wel tevreden zijn,' zegt Eva.
'Kijk, daar komt hij net aan.
Zullen we vragen hoe het is gegaan?'

Maar Kees heeft het nog steeds druk.
Hij praat met een man van de krant.
'Is het een leuke dag geweest?' vraagt de man.
Kees knikt.
'We hebben veel geld opgehaald.
Het dak kan nu worden gemaakt.
Maar als het veulen niet was verkocht,
was dat nooit gelukt.'

Wat? denkt Paulien.
Ze kijkt Eva geschrokken aan
Die krijgt tranen in haar ogen.
'Sterre mag niet weg,' zegt ze schor.
Ze balt woedend haar vuisten.
Op dat moment komt Steffie eraan,
met de vader van Eva.
'Heb je het al gehoord?' vraagt ze.

Eva knikt.
'Het veulen wordt toch verkocht!
Stom, stom, stom!'
Paulien staat sip naast haar.
Ze weet hoe dol Eva op Sterre is.
Zelf vindt ze het veulen ook erg lief.
Haar blije gevoel is meteen weg.
Maar dan zegt Steffie:
'Hé, meiden, kijk eens wat vrolijker!
Want weet je wie het veulen heeft gekocht?'
Eva haalt haar schouders op.
'Ik wil het niet weten,' mompelt ze.
'Ik was het,' zegt haar vader dan.

'Jij?'
Eva staart hem met grote ogen aan.
Haar vader knikt.
'Ik had er al vaker over gedacht.
En dit was nu een kans.
Sterre is voortaan van ons.
Maar… ze blijft gewoon in de stal.
Voorlopig mag je haar verzorgen.

En als ze groot genoeg is,
kunnen jij en je zusje op haar rijden.'
'Yes!' juicht Eva.
Ze vliegt haar vader om zijn nek.
'Dank je wel, pap!'
Ze geeft hem wel tien zoenen.
Daarna trekt ze Paulien mee naar de stal.
Sterre staat rustig in haar box.
'Zie je wel!' fluistert Eva.
Ze streelt Sterre over haar hals.
'Die lintjes brachten geluk.
Want ik mag voortaan voor je zorgen.
En Paulien natuurlijk ook.'
'Meen je dat?'
Paulien kijkt verrast.
'Tuurlijk,' lacht Eva.
'Ik neem weer strikjes en linten mee.
En dan maken wij van Sterre…
de mooiste pony van de stal!'

Dit zijn de boeken over *De Roskam*.
Lees ze allemaal!

ISBN 978 90 269 1705 9
AVI 4

ISBN 978 90 269 1706 6
AVI 4

ISBN 978 90 269 1777 6
AVI 4

ISBN 978 90 269 1778 3
AVI 5

ISBN 978 90 475 0211 1
AVI 5

ISBN 978 90 475 0212 8
AVI 5

www.viviandenhollander.nl
www.saskiahalfmouw.nl